단 한 번만이라도
멋지게 사랑하라

단 한 번만이라도
멋지게 사랑하라

초판 1쇄 발행 2016년 2월 5일
초판 3쇄 발행 2020년 12월 12일

지은이 | 용혜원
펴낸이 | 한순 이희섭
펴낸곳 | (주) 도서출판 나무생각
편집 | 양미애 백모란
디자인 | 박민선
마케팅 | 이재석
출판등록 | 1999년 8월 19일 제1999-000112호
주소 | 서울특별시 마포구 월드컵로 70-4 (서교동) 1F
전화 | 02) 334-3339, 3308, 3361
팩스 | 02) 334-3318
이메일 | tree3339@hanmail.net
홈페이지 | www.namubook.co.kr
블로그 | blog.naver.com/tree3339

ISBN 979-11-86688-32-8 03810

* 이 책에 사용된 그림은 James McNeil Whistler와 Odilon Redon의 작품입니다.

단 한 번만이라도
멋지게 사랑하라

용혜원 신작 시집

🌱 나무생각

시를 엮으며

시를 쓸 수 있다는 것은

생명이 살아 움직이는 것이다

시를 쓸 수 있다는 것은

시인의 삶을 살고 있다는 것이다

가슴에 심장이 살아 움직이고 있는 것이다

용혜원

차례

기다림, 길 없는 길을 만들다

2부 몽상에 사로잡힌 저녁

3부

허공을 맴도는 외마디

4부

바람도 빈 가지에 머물지 못하고

1부

기다림,
길 없는 길을 만들다

단 한 번만이라도 멋지게 사랑하라

사랑하고 싶다면
단 한 번만이라도 멋지게 사랑하라

하나 된 마음으로
마음껏 사랑할 수 있다면
그보다 멋진 사랑이 어디 있을까

커다란 눈망울로 바라보아도
가슴이 불타오르면
그보다 좋은 인연이 어디에 있을까

외로움에서 벗어나도 좋을
불같은 마음이라면
모든 것을 던져도 좋다면
이보다 좋은 사랑이 어디 있을까

사랑하는 이 곁에 있으면
가슴이 따뜻하고 행복하다면

누구보다 멋진 사랑을 할 수 있다

서로 다정함을 느끼고
입술로 사랑을 고백하고 싶다면
모든 것을 던져버리고
아낌없이 순수하게 사랑하라

한 여름날

햇살이 직선으로 내리꽂는 한 여름날
하늘도 우울증 걸린 탓일까

먹구름이 우르르 몰려오더니
유리창을 사정없이 때리는
성질 사나운 소낙비가
한바탕 쏟아져 내렸다

잔뜩 끼었던 먹구름마저
세찬 바람에 훌쩍 떠나버리면
홀로 외롭던 마음도 풀려
가슴이 시원하다

숲을 마음껏 자라게 하는
태양의 열기가 가득한 계절에
내 가슴 아득히 걸어 들어오는
경쾌한 너의 모습이 참 그립다

해바라기 피어날 때마다
해맑게 웃던 모습이
참 많이 보고 싶었다

나팔꽃이 피어날 때마다
네가 부르는 노래가
참 많이 듣고 싶었다

그대 다시 돌아온다면

그대 다시 돌아온다면
문턱을 넘지 않고
마냥 기다리고 서 있어도 좋다

환장하도록 고독한 날
그리워 기다리는 것은 지루함이 아니라
길 없는 길을 만들어가는
아픔 속의 설렘이고 행복이다

상상 이상의 실낱같던 기대감에
세월이 흘러갈수록
눈물만 절로 샘솟는다

간밤에 핏기 가신 얼굴이 보여
잠을 설쳤는데 돌아온다면
미련의 세월도 떨쳐버리고
아무런 망설임 없이 달려가고 싶다

그리움이 손끝에 잡히지 않아
마음에 구멍이 숭숭 뚫렸는데
눈길이 촉촉해지도록 울먹거리던
슬픔일랑 지워버리고 싶다

눈만 말똥거리며 기다렸는데
그대 다시 돌아온다면
진한 그리움이 꽃으로 피어나고
가슴에 와 닿는 기쁨에
모든 것이 좋아진다

잘 지내고 있습니까

오랫동안 하고 싶어도
할 수 없었던 말이
"잘 지내고 있습니까?"입니다

흘러가고 떠나는 세월 따라
잊혀질 줄 알았더니
그리움이 눈앞에 지워지지 않아
많은 눈물을 흘렸습니다

혹시 혹시나 소식이 올까
기다리던 기다림도
모두 포기하고 말았지만
다시 만날 수 있을 것이라는
미련은 버리지 못했습니다

사랑한다는 말도 하지 못하고
함께했던 시간들이
추억이 되어 영영 사라질 것만 같은

안타까움에 심장까지 울렁거립니다

떠나던 날 길을 잃고 말았기에
안쓰럽고 궁금한 마음에
안부를 물어봅니다
"잘 지내고 있습니까?"

우리가 정말 사랑했구나

우리가
정말 사랑했구나

우리가 원하던 것은
이게 아닌데
떠난 후에야 알았다

그리움에 목말라
응어리 가슴에 맺히는
생생한 아픔을 앓았다

포옹

바다와 해변은
흘러가는 세월 마다하지 않고
다가오는 세월 맞이하며
밀었다 당기기를 반복하며
끝없이 은밀한 포옹을 하고 있다

미치도록 보고 싶은 날은

한밤중 달빛을 털어내도
그리움이 구석구석 찾아 들어와
미치도록 보고 싶은 날은
빗줄기마저 굵게 내려
갑자기 외로움이 심해졌다

생각을 접어두지 못해
자꾸만 떠올라 애간장이 타
발돋움하여도 보이지 않아
늘 목에 가래가 끼듯 못내 섭섭했다

사랑이 고스란히 남아
삭막한 영혼이 불꽃에 타는데
끌 수 없는 몸부림에 가시만 돋아
입술이 바짝 말라 고독을 삭일 수 없다

한사코 뛰어드는 네 생각에
쓸쓸하게 젖은 눈이 자꾸만 부풀어 올라

목 안에서 솟구치는 울음에
상처가 푹푹 쑤셔 무척 슬프다

눈시울이 붉어지도록
외롭게 뻗어가는 그리움에
누가 살짝만 건드려도
눈물이 왈칵 쏟아질 것 같다

와락 보듬어 안고만 싶은데
이별이란 날 선 칼로 뚝 자르고 떠나버려
외로움이 진하게 묻어나
미치도록 보고 싶다

상처가 있을 때

형편없이 구겨지고 뭉개진
마음의 고통에 찢겨나간
상처의 깊이만큼이나 애처롭게
울음을 토해놓는다

모든 것이 떠나가버려
뇌수에 슬픔이 고일 때
진실하게 살고픈 솔직한 이유를 만든다

아픔을 긁어내려고
딱정이를 떼는 지독한 괴로움이
도리어 강하게 만든다

강한 사람은 무수한 슬픔 속에서
자신의 상처를 회복하고
다른 사람의 상처를 감싸줄 수 있는
깊고 넓은 마음을 갖고 있다

심장마저 피곤해 한숨이 가득하고
피멍울이 아파 괴롭고 눈물이 아른거려도
기가 죽으면 안 된다

마음을 끈질기게 보듬어 안고
상체를 꼿꼿이 세우고 받아들이면
덜어야 할 짐도 사라지고
애잔한 추억은 아련하게 물들어간다

사람이 그리운 날

산다는 것이
고독하고 쓸쓸할 때
불쑥 사람이 그리운 날이 있다

거친 세상 살다가
몰인정한 세상이 마음을 몰라주고
혼자 내동댕이쳐진 것이
갑자기 외로워져서
산다는 것이 무엇일까
뼈아픈 물음표를 던진다

사방이 꼭 막혀 답답하고
이리저리 끌려다니다 보면
구석구석 피곤한데 별 소득 없고
산다는 것에 회의를 느낄 때
지친 외로움에 한없이 울었다

늘 가슴 졸이고 참고 살다

마음 한쪽이 무너져 내리고
가슴이 쓰리고 아플 때면
좋아하고 사랑하는 사람이
참 많이 그리운 날이 있다

무슨 일이 날 것 같고
겁이 나 포기하고 싶을 때
속 이야기를 들어주고 위로해 줄
무지무지 좋아하는 이에게 달려가
따뜻한 품속에 아이처럼 꼭 안기고 싶다

어떤 날의 바람

구름은 아침에는 해와
한밤중에는 달과 친구가 되어
몇 안 되는 즐거움을 준다

지그시 눈 감고 있으면
기다리는 마음 알고 있는 듯
가슴 떨리게 나를 찾아온다

바람이 속마음을 헤집고
가을바람이 삽상하게 불어오는 날은
문 열어놓고 있으면
어쩌면 올 것만 같은 예감에
기대를 걸어도 괜찮을까

우리 마주치는 날
솔직한 심정으로 고백하면
꼭 한 번쯤은 받아줄 것 같다

어디 하나 막힌 구석 없이
가슴이 넓고 감동을 주는
통이 큰 심성 좋은 사람과
신나고 재미나게 살고 싶다

희망을 갖고 살 수 있을까

의심 찬 눈길에 겁이 나
두려움의 껍질을 뒤집어쓰고
사정없이 찌르는 고통이 곤혹스럽다

희망보다 절망이 커질 때
어둠이 빛보다 더 짙어가고
웃음이 웃음 같지 않고
울음이 울음 같지 않을 때
얼굴이 일그러지는 고통을 감당할 수 있을까

무서운 꿈에 쫓겨 뒷덜미 잡히고
목이 졸리듯 고통이
사라지지 않고 주위를 맴돌고 있다

쉽게 떠날 수 없는 망설임의 눈빛 속에
절망의 깊이를 알 수 없어
고뇌의 웅덩이에 빠질까 두렵다

가슴에 치밀어 오르는

옹골진 분노에 깎이고 패어

후회막급하도록 절망이 쏟아져 내려

잔혹한 기분이 드는데

희망을 갖고 살 수 있을까

아름답게 산다는 것은

어느 날인가 머뭇거림도 없이
미묘한 쓸쓸함과 슬픔 속에
살아온 추억조차 남기고 떠나야 한다

모든 것들은 기억 속에서 사라지고
살아온 흔적조차 하나 없이
멀찌감치 거리를 두고 허무하게 잊혀진다

살아 있는 동안 꿈과 갈증을 같이 느끼며
경솔하게 불행에 낚이지 않고
아름답게 산다는 것은
썩 괜찮고 가슴 뭉클하고
아주 감동스런 즐거운 일이 아닌가

늘 만나는 사람들과 푸근한 미소 속에
정 주고 받으며 살아가고
서로 기뻐할 수 있는 감동을 나누어야 한다

뻔한 고집과 미련에 자존심조차 깔아뭉개고
쌀쌀하고 매정한 말투에 몸을 멈칫하며
서로의 가슴에 멍들게 하지 말아야 한다

고독의 늪에 빠져 있을 때
방황을 거듭하며 초라해지지 말고
의미를 남겨놓을 수 있도록
따뜻한 인상으로 당당하게 살아야 한다

지금 이 순간 살아갈 수 있음을 기뻐하며
찾아오는 행복의 날을 위하여
애정을 갖고 손을 흔들어줄 수 있는
마음의 여유와 희망을 가져야 한다

봄 길을 걸어갑시다 1

겨우내 웅크렸던 마음을
실타래 풀듯 훌훌 털어버리고
봄 길을 걸어갑시다

온 세상에 쏟아지는 찬란한
봄 햇살에 겨울잠에서 깨어난
초록 잎들이 들판에 파릇파릇 돋아나고
싱싱한 나무들에서는 새순이 터지는 소리가
살아 있게 싱싱하게 들립니다

따뜻한 햇살이
온몸을 포근하게 감싸고
나뭇가지에 머무는 햇살이
분홍빛 꽃잎을 피워내는 기교가 넘칩니다

봄바람이 눈썹을 흔들 때면
강물이 봄소식을 담고
흘러내리는 소리를 들으며

봄 길을 걸어갑시다

햇살이 아주 좋은 봄날에
들판을 걸으면 연초록 산봉우리마다
꿈꾸듯 희망이 가득해
산 넘어가는 구름이 참 아름답습니다

봄 길을 걸어갑시다 2

들판에 초록을 가득 풀어헤치는
봄 햇살 가득한
봄 길을 걸어갑시다

햇살 가득한 봄날에
막 피어난 생생한
봄꽃들을 만나러 갑시다

향긋한 봄꽃 향기를 코끝에 느끼며
시냇가에 풀잎을 띄워
봄소식도 전해봅시다

민들레가 지천으로 피어 봄을 노래하고
나물 캐는 아낙네의 손끝에
쑥 향기가 폴폴 납니다

봄바람이 마음을 흔들어놓는데
푸른 언덕에 올라

봄이 만들어내는 빛깔을 바라보며
꿈과 사랑을 노래합시다

숲이 호수를 끌어안은 들판에서
새싹 하나 풀 한 포기도
정겹게 보이는 봄 길을 손잡고 걸어갑시다

봄 길을 걸어갑시다 3

하늘 푸르고 햇살 좋아
이리도 좋은 봄날이라면
모든 걸 제쳐두고
봄 길을 함께 걸어갑시다

꽃들을 보며 산책해도 좋고
불어오는 바람을
온 가슴으로 맞아들여도 좋습니다

봄날에 들판에 노란 웃음 가득히
피워내는 민들레가
반갑게 맞아주는 길을 걸어봅시다

따뜻한 봄 햇살 아래
그대 가슴에 안겨 보고도 싶고
푸른 잔디에 누워서
그대를 꼭 안고도 싶습니다

그리움을 당겨

꿈을 키우고 싶은 봄날

모처럼 시간을 내어 이런저런 이야기도 하고

재미있는 유머와 농담도 나누며

마냥 즐거운 시간이 되도록

봄 길을 걸어갑시다

들국화

차가운 눈빛으로 곳곳에 피어나는
하얀 들국화가 전해주는 가을 이야기가
속삭이는 밤마다
가슴에 다가온다

외롭게 피어난 들국화지만
마음의 크기
마음의 깊이
마음이 높이를 알 것만 같다

들국화 피어난 들판은
정다운 풍경을 만든다

찾아오는 이
고독하지 말라고
가을 여인이 되어
하얀 웃음으로 반겨주고 있다

2부

몽상에 사로잡힌
저녁

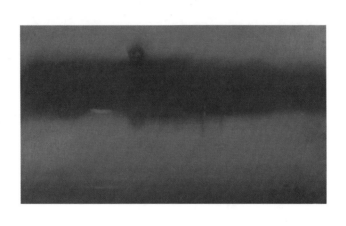

죽음이라는 이름의 이별

죽음이라는 이름의 이별은
아무리 문질러도 지워지지 않는
막막한 그리움이다

죽음이 갈라놓은 떠나간
사람 생각에 못다 준 정이 남아
가슴이 시리도록 괴로운 아픔이다

먼저 떠나보낸 슬픔에
느닷없이 찾아오는 그리움이
늘 생생하게 살아남아
쉽사리 종지부를 찍을 수 없는
고통이 되고 슬픔이 된다

슬픔은 자꾸만 채워지는데
왜 마음은 자꾸만 메마르고
고갈되어 갈증을 느끼게 하는 것일까

죽음은 아쉬울 때 찾아볼 수 있고
불러볼 수 있는 그리움이 아니다
왈칵 쏟아지는 보고픔에도
영영 만날 수가 없다

외로움마저 따라 들어오는
어둡고 까칠한 밤에는
죽음이라는 이별은 아무리 잊으려 하고
마음을 추슬러 보아도
문득문득 찾아오는 그리움이다

생선 초밥

고슬고슬하게 잘 익은
쌀밥을 손안에
정겹게 쥐었다 잘 놓아두고
와사비를 살짝 바른다

먹기 좋을 만큼 두툼하게
잘 여문 생선살을
밥 위에 올려놓고
살짝 쥐었다 놓으면
보기 좋고 먹기 좋은 초밥이 된다

초밥과 와사비와 생선살이
아주 잘 어우러지는 맛이란
입안에 가득한 맛이 천하일품이다

간장에 살짝 찍어
생선 초밥을 입안에 넣고
꼭꼭 씹으면 밥알이 사르르 터지고

생선살을 씹어 목구멍에 넘기면
정말 마음에 쏙 드는
생선 초밥이 참 좋다

아내

세상을 아무리 둘러보고 찾아보아도
당신보다 좋은 사람 없어
더 애잔하게 사랑합니다

세월이 흘러가고 나이가 들수록
의지가 되고 위로가 되고
힘이 되는 당신이기에
목숨이 다하는 날까지 사랑합니다

젊었을 때 애증조차
나이가 들며 애정으로 변하고
삶이 힘들고 외로울 때
"여보! 나 있잖아! 뭘 걱정해!"
하며 위로해 주는
당신의 말이 고마워 사랑합니다

살면 살수록 이렇게 살아도 되는가
하는 마음이 들 정도로 행복해져만 가는

부부의 사랑에 정이 폭폭 들어
오늘도 행복합니다

세상을 아무리 바라보고 찾아보아도
당신보다 나은 사람 없어
맘씨 좋은 당신을 간절히 사랑합니다

삶이란

삶이란 때론 초라하고 비루함 속에
참 애잔하고 서럽다
너무 슬퍼도 눈물이 터지지 않는다

죽음이 늘 더 가까이 다가오는데
애써 외면하며 모른 척 살아가는 것이
너무나 가슴 아픈 일이다

모두 다 붙잡을 수 없고
스쳐 지나가는 것인데
왜 그렇게 안달을 떨며 살아야 하는가

눈물과 한숨으로 얼룩졌던 세월을 두고
결국엔 홀로 떠나야 하는데
무슨 미련으로 늘 안타까워하며
살아가야 하는 것인가

부귀와 권세와 명예도

결국에는 바람잡이일 뿐인데
왜 그토록 투쟁하듯 붙잡으려는 것일까

삶이란 참 슬픈 일이다
내 것이 하나도 없는 것을
몸부림치다가 허무를 짙게 느끼고
결국에는 빈손으로 떠나는 것이 아닌가

영원을 살 수 없고 현재만을 살다 가야 하는
안타까움을 뻔히 알면서도
왜 발버둥 치며 사는 것일까
뒤돌아보며 서운해하지 마라
알고 보면 결국에 다 똑같은 삶이다

가을 산행

가을비에 젖은 도로는
깨끗하게 빛난다
가을에는 산을 찾아 숲길을 걸어보자

흘러내리는 계곡물에
머릿속의 온갖 생각으로 짜글짜글한
시름과 긴장을 풀고 휴식할 시간이다

갈바람에 서걱거리는
나뭇잎들 소리에
근심과 후회도 날려 보내자

가을에는 고독을 달래주는
단풍이 물드는 숲길을
사랑하는 이와 함께 걸으며
요모조모 살펴보는 재미가 있다

살아온 날을 돌아보며

붉게 물드는 단풍잎을 바라보며
내심 답답하고 힘들 때도
숲길을 걷고 또 걸으며
삶을 아름답게 추억으로
만들어갈 이야기를 나누자

이 가을 행복한 마음으로
일정한 거리로 숲길을 걸으며
깔끔한 추억의 한 장면 만들 수 있다면
진정 얼마나 아름다운 일인가

가을 강변

가을은 떠나기 전에
강변에 바람이 불 때마다
그리움으로 흔들리는
갈대들에게 아쉬운
이별의 손짓을 남겨두었다

갈대는 갈바람에 흔들릴 때마다
마음이 성급해진 탓인지
이별을 아쉬워하며
바람이 끝날 때까지
손을 흔들어주고 있다

늦가을 비가 내리는 날에는

가을이 오면 산들의 얼굴이
울긋불긋 물든다

늦가을 비가 내리는 날에는
바바리코트를 입고
우산을 쓰고 낙엽이 떨어지는
거리를 무작정 걷고 싶다

어깨를 촉촉하게 적시는
비를 맞으면 못내 그리워져
더 깊이 고독해지는 마음에
발걸음조차 쓸쓸해진다

단골 카페 창가에 앉아
빗소리를 들으며
카페라테를 주문한다

커피 잔에 담겨 나오는

커피 색깔이 가을 낙엽이 녹아 있는 듯

가을 커피를 마시면

내 마음도 가을에 물든다

고독한 마음에

만나는 얼굴마다 그리움이라

잊을 수 없는 멋진 사랑을

한 번 하면 어떨까 생각을 하다가

피식 웃으며 집으로 돌아간다

가을은 온 세상이 축제다

해가 구름에 가린
가을 오후는 잿빛 하늘 아래
왠지 쓸쓸함이 찾아온다

단풍이 곱게 물들어갈 때면
가을은 아주 요염해지고 깊어갈수록 더 아름답다

낙엽을 밟고 걸으면 걸을수록
고독에 빠져들고 바람결에 몸을 실으면
느낄 수 있는 매력에 빠져드는
재미가 쏠쏠해진다

단풍 든 잎들이 떨어질 때마다
지난 추억도 함께 떨어져
아쉬움이 가득해지지만
낭만이 가득한 가을에는
고독하고 심각한 표정조차 멋있게 보인다

살아감이 아픔과 고뇌의 연속일지라도
가을을 만나는 일은 참으로 행복한 일이다

가을에는 가고 싶은 곳
보고 싶은 곳으로 발길을 돌려 떠나야 한다

늦가을 비가 촉촉이 내리고
기온이 뚝 떨어지면 가을은
미련만 가득 남기고 떠나간다
단풍이 만들어놓아 온 세상이 축제다

가을밤이면 귀뚜라미는
항상 똑같은 단조로운 음색으로
가을을 노래하며 떠나보내고 싶어 한다

눈 내리는 날

하얀 눈이 펑펑 쏟아지는 날
갈 곳도 없이
약속도 없이 거리를 걷다가
따뜻한 아메리카노 커피를 마신다

창밖은 눈이 펑펑 쏟아지는데
수많은 사람들이 아랑곳하지 않고
발걸음 분주하게 재촉한다

첫눈 내리는 날
만나기로 한 날이 오늘이 아닐까
그렇다면 저 많은 사람들이
모두 다 낭만적인 사랑의 주인공일까

멋쩍은 생각을 하다 구시렁대며 웃으며
커피에 목을 축인다
눈 내리는 날

혼자 커피를 마시며

고독을 느껴 보아도

산다는 것이 아주 기분이 좋다

싸늘하고 낯선 세상

손에 쥔 듯한 사랑도
한순간에 놓치고 마는데
오지랖이 넓게 살아 보아야
앞뒤 없이 뒤숭숭하게 살 뿐이다

손바닥 위에 놓아둔 일을
뒤집어 놓으면 모를 것인가
간섭받기 싫어 귀찮을 뿐이다

순수하고 풋풋함을 모른 척한다면
독사가 독을 문 것처럼 아파
뒤틀리고 삐걱거린다

생각의 구석에 처박아 놓았는데
왜 느닷없이 불쑥
생각이 나느냐
내 마음을 할퀴어 놓고 달아날까 걱정이다

눈 오는 날도 좋다
비 오는 날도 좋다
바람 부는 날도 좋다
돌아온다면 어느 날이나 좋다

오래오래 머물고 싶어도
너무도 짧은 세상살이
다정하게 인사 나눌 수 있는
사람도 없다면 살맛도 없지만
싱그러운 공기를 마시며 희망을 갖는다

가끔 아주 가끔씩은

가끔 아주 가끔씩은
세상이 날 버린 것만 같아
나를 향한 눈길에 전율을 느끼며
속 뒤집히고 환장할 때가 있다

아무리 애를 쓰고 몸부림쳐 봐도
무서우리만큼 냉정한 눈빛들
차갑게 내뱉는 말에 부글부글 끓어올라
확 무너져 내렸으면 좋을 듯싶어 자제력을 잃었다

힘들게 심사가 꼬이도록 덤벼드는
심술 나고 불쾌한 표정들이
턱 꼿꼿 세우고 끈적끈적 비웃을 때는
두 눈이 뒤집힐 것만 같아 목이 메었다

차가운 세상 맨발 맨주먹으로 뛰어보아도
생살 배겨내듯 고통만 남았을 때는
줄줄 흘러내리는 눈물을 어찌할 수 없어

모든 일이 끝나버린 것처럼
두 다리 뻗고 털썩 주저앉아 펑펑 울고 싶었다

고통의 피고름을 다 걷어내고 싶어
시퍼렇게 날이 선 증오도 버리고
손바닥 비비며 용서를 빌어서라도
행복에 겨운 웃음소리가 듣고 싶어
훌쩍 어디론가 떠나버리는 몽상에 사로잡혔다

비난

자기편이 아니라고 잇따른 흥분과 악담으로
함부로 생살을 마구 뜯어내어
눈이 휘둥그레질 만큼 뼈마디만 남겨놓는다

지적질을 좋아하며 함부로 비웃고
말꼬리 잡고 늘어지며
독을 퍼뜨리는 사람들
기막히게 거짓을 진실로 만들어놓는 것을 보면
참 괴이하기 짝이 없다

미쳐 날뛰도록 환장하게 만드는데
난처하고 기가 막혀도 어찌할 수 없으니
우울하고 따분하고 분통이 터지는 일이다

피에 굶주린 사람들 사려 깊지 못한 마음으로
고통마저 간섭해 다소 어리둥절하고
겁에 질린 피곤으로 찌들게 만들어
벼랑 끝으로 밀어버리면

짐승처럼 울부짖고 싶다

운명과 끊임없이 싸우게 만드는
지탄받고 비난받고 어둠 속으로 사라져야 할
사람들은 바로 그들이다

어둠이 깔리는 시간

늑진한 어둠이 깔리는 시간
외로움을 밟고 가는
눈빛에 불안이 감돈다

현실에 맞부딪치며 살던
맨몸마저 피로가 쌓여
세상을 한탄하며 술 마시던
사람들의 발걸음이 휘청거린다

복잡다단한 세상을 살면서
명쾌한 해답을 얻어내지 못한 사람들의
붙일 데 없는 마음이 기차게 서럽고
어지간히 쓸쓸하다

어두운 밤은
삶에 거품이 많은 사람들이
외로움에 사로잡히고
마음을 기댈 곳이 없는 사람들이

더 방황하는 시간이다

삶에 흥미를 잃어버린 사람들이
어둠 속으로 숨어들어
유혹의 광풍 속으로 빨려들어간다

내일을 예측할 수 없는 사람들이
현실마저 잊기 위하여
무거운 정적 속에 날카롭게 찢어놓는
욕망의 피가 뜨겁게 끓도록 선동하고 있다

빛 가운데로 걸어가자

실망한 사람들과
절망에 빠진 사람들과
몸이 아픈 사람들도
깊은 밤이면 편안히 잠들고 싶다

칠흑 같은 어둠 속에서도
죄악을 만들고
사람들을 괴롭히며
즐거워하는 사람들이 있다

부추김을 당하더라도
악으로 더럽히지 말자

쓸데없는 분노와 비난이
속속들이 배어들지 않도록
새롭게 교훈을 터득하며 살자

늘 전전긍긍하며 실망 속에 머물기보다는
온갖 소란스러움에서 벗어나
초록의 기운을 받아들이며 힘차게 살자

어둠에 빠져 길을 잃어버리지 말고
어두울수록 더 빛나는 길을 찾아
빛 가운데로 걸어가자

엿 같은 세상살이

두 눈이 펄펄 살아 있고
늘 다치고 살아와 억울한데
보는 앞에서 염장 지르고
골탕 한번 먹으면
눈깔 뒤집히도록 속이 터진다

머리 꼿꼿이 쳐들고 째려보며
삿대질하며 멱살 쥐고 흔들어대면
살점 도려내듯 시리고 아파
살맛 없고 어처구니가 없다

주름살이 더 깊어져가고
배 속이 엉킬 대로 엉키고
뒤집힐 대로 뒤집히면
심사조차 뒤틀릴 대로 뒤틀려
쑥떡 한번 세상에
야무지게 먹이고 싶다

되는 게 없는 세상

속이 뒤집히는

세상살이 심심한데

엿치기나 한번 해볼까

호수

너만큼 잔잔하면
얼마나 마음이 편할까

너만큼 하늘을 받아들이는
넓은 마음을 가졌다면
얼마나 행복할까

숲길을 걸으며

숲길을 걸으며
야생화에게 길을 물었더니
아무 말도 하지 않았다

숲을 걷고 걸으며
나는 알았다

야생화들이
가는 길마다 피어나
길 안내를 해주었다

희망의 햇살을 온몸에
받으며 걸어간다

고통의 시간

머리통에 수없이
일어나지 않고 해결되지도 않을
헛되고 쓸데없는
잡다한 생각들을 쑤셔놓고
구겨 넣으면 넣을수록
치명적인 아픔에
나의 심장이 굴복하고 말았다

3부

허공을 맴도는
외마디

곰탕 한 그릇

살다 보면 입맛이 당기고
시장기가 확 돌아
곰탕이 눈에 선한 날이 있다

맑고 뜨끈한 국물에
밥 한 그릇 뚝딱 말아
국물 한 번 쭉 들이켜면
세상이 살맛이 난다

곰탕 한 그릇에도
행복할 수 있다면
삶이란 더 살아볼 가치가 있다

아버지

평생 가난의 벼랑길에서
한 맺히고 피맺힌 속가슴 응어리
한 번 제대로 풀지 못하셨다

떠나갈 때는 자식들을 위해
하루 이틀 몸 불편하시다가
선한 얼굴로 편안하게 떠나셨다

생전에 힘겹게 일하시고도
저금통장 하나 없이 늘 빈손으로 사시다가
남겨놓은 것 없이 빈 몸으로 훌훌 떠나셨다

고단하고 힘겹게 사시면서도
쓴 소주 한 잔이면 부드러운 시선 속에
잔잔한 웃음을 보여주시던
모습엔 늘 고독이 고여 있었다

한 치의 흐트러짐 없이 사시고

움푹 팬 눈에 안쓰럽게
켜켜이 앉은 한탄의 세월에
"이것이 인생이다!"
늘 허공을 맴도는 외마디를
외치며 한을 달래셨다

아버지 내 아버지!
강화도 바다에 한 줌의 재로 뿌려지실 때는
노을은 더 붉게 타오르고
가시는 모습 보여주듯
탄복할 만큼 아름다운
하늘길이 구름으로 그려져
강한 인상을 남겨놓고 떠나셨다

어머니

어머니 하면
제일 먼저 떠오르는 것들
산동네 야채 장수 일수 형수 형이다

어린 시절 늘 떠돌이처럼
이 집 저 집으로 이사 다니며
가슴 찢어지는 아픔 속에 살았다

아버지는 늘 부지런하게 일하는데
어머니는 늘 곗돈 붓다가 떼이고 떼여
망하고 또 망해
늘 불행이 따라다녔다

잘못된 욕망은 궁핍과 질병을 낳아
가족은 늘 가난한 목숨이 되어
늘 빈털터리가 되어 비참하게
가난하게 되고 말았다

자식은 다섯 자식인데
오직 큰아들에게만
희망을 걸고 목숨을 걸었다

젊은 시절 서슬이 시퍼렇던
시어머니였던 어머니도
세월이 흘러가고 나이가 들자
고통스럽고 끈질긴 질병 속에
이빨 빠진 호랑이가 되고 말았다

초등학교 시절

어느 날 갑자기 도난 사건이 일어났다
담임선생님이 교실에 들어오시더니
모두 다 눈을 감으라고 했다
누가 도둑질했는지 다 아니까
손을 들라는 것이다
시간은 흐르고 가슴은 콩당콩당 뛰는데
손을 드는 아이가 없었다
선생님은 점점 더 화가 난 목소리로 말하고
짙어가는 공포에 고통스러움을 더해가는데
정말 어찌할 줄을 몰랐다
나중에는 너무나 지쳐서 아무 이유 없이
나라도 손들어 끝내고 싶었다

고통

세상의 온갖 어둠이 몰려와
목을 짓누른다

온밤을 통곡해도 얽히고설킨 것들이
끝날 수 없고 메울 수 없고
덮을 수 없어 찢어지게 아프다

홀로 겁먹어 입술을 깨물고
가슴팍을 치면 칠수록
온몸이 으스러지게 아프다

망각이 몰아쳐와
한순간에 몰고 갔으면 좋으련만
빛이 사라져 몰골이 음침해지고
홀로 당하는 것만 같아
신경이 곤두서 곤혹스럽고 슬프다

지쳤다는 것은 더 이상 무엇을 할

힘을 잃었다는 것이다

사람이 반항하는 이유는
지금 자신이 하고 있는 것이 아니라
다른 것을 원하는 마음이다

피눈물만 쏟아지고 핑계와 원망 속에
불안에 떨수록 마음조차 바람에 흔들렸다
가슴에 절망이 아물지 않고
후회만 남은 벼랑에 서서 무릎을 꿇는다

미련

떨쳐버리고 싶어도
낡은 생각의 틀이
좀처럼 지워지지 않고
늘 따라다녔다

좁쌀 같은 마음도 떨려
마음의 죽지 아래
남아 있던 기막힌 그리움이
더 선명하게 보였다

다가서면 물러나고
물러나면 다가서고
늘 뒷전에서 어슬렁거리다
걸림돌에 부딪쳐
늘 아슬하게 애간장이 타게 만들었다

멀어져가는 모습을
문틈으로 바라보며 고개 내밀어도

간절함도 애절함도 못 알아주고

훌쩍 떠나가버려

얼빠진 등신마냥

외로운 발자국만 가슴에 남았다

후회

그냥 이처럼 살다가
아무런 예고조차 없이 떠나가는 것일까
찾아오는 길보다 떠나가는 길이 멀다

구김새 가지 않을 것 같았던
청춘도 우물쭈물거리다가
한껏 즐기지 못하고 세월도 놓쳐버리고
붙잡아 놓아두고 싶은 것들도
그대로 놓아두고 떠나가야 하는 것일까

참 안타까운 일이다
가슴에 파고들 때 받아들일 걸
세월이 모든 것을
티끌 하나 남겨놓지 않고 빼앗아 가버린다

막연한 불안을 떨칠 수 없어
몰려오는 졸음도 쪼개며
서글픈 한숨만 쉬었다

나이가 들면 꿈을 찾아 잠들어 보아도
아무 소용없고 추측에 빠져 괴로울 때
짧은 삶 좀먹고 산 것이 후회가 막심해
무섭고 쓸모없는 짓거리였다

외토라지게 살다가 상처만 입고
결국에는 자취도 없이
사라져야 한다는 것이
얼마나 가슴 아프고 안타까운 일인가

비가 오는 날은

비가 오는 날은
왠지 더 많이 쓸쓸해진다

빗줄기가 굵어지는 것을 보면
누군가 뼈아픈 눈물을
펑펑 쏟아내고 있는 모양이다

온 세상이 젖고 나면
첫사랑이 그리워져
모든 고독에 온몸이 젖는다

장대비가 쏟아내려
오도 가도 못할 때는
왠지 더 많이 고독해진다

아무런 대책 없이
쏟아져 내리는 비는
왠지 내 아픔과 서러움을
대신 씻어주는 것만 같다

아침

동터 오는 아침
해의 눈동자가 점점 더 커지고
밝아지는 시간이다

단잠에서 깨어나면
오늘은 어떤 좋은 일이 있을까
흥미로운 기대감이 가득하다

모든 것들의 표정이 살아나
어둠을 벗어던지고
새로운 힘을 회복한다

나에게 허락된 오늘 하루도
힘겨운 표정으로 살기보다는
따뜻함과 정겨움을 나누며 살고 싶다

나 먼저 신기하도록 사람을 좋아하고
욕심과 밉살스러움을 버리고

마음을 활짝 열고 살아야 한다

항상 게으르지 않은 발걸음으로
사람들이 항상 함께하고 싶도록
웃음과 친절을 나누며
오늘도 정말 열심히 살고 싶다

강

온 땅을 흘러내리며
생명을 적셔준다
가장 아름다운 풍경을 만들며
바다로 흘러가고 있다

야생화

산에 오르다
우연히 눈빛이 마주친
이름 모를 야생화
첫인상이 참 예쁘다

해당화

섬 기슭에서 절절 끓는
외로움을 견디다 못해 피어나
바람이 불 때마다
정분난 여인처럼
얼굴이 붉게 달아올랐다

소나기

한 여름날
먹구름이 몰려오더니
눈물 한바탕
슬픔 한줄기
떠들썩하게 쏟아놓고
달아나 버렸다

세월

손에 잡을 수 없고
마음에 담아둘 수 없도록
쏜살같이
흘러가버리는 삶의 시간들

밤

어둠이 온 세상에 가득해지면
자동차들이 두 눈을 부릅뜨고
하늘에는 별들이
유난히 반짝거렸다

빈손으로 떠나가야 하는 삶

한평생 살아보아도
목숨의 무게는 재 한 줌이야
생각하면 서러운 마음에
열불이 붙어 외로움에 환장할 거야

이 생각 저 생각 아무리 해보아도
뾰족한 수는 없어
마음의 평정을 잃고
잘못 살면 웃음거리가 되거나
미치광이 취급을 받는 거야

즐거운 상상 속에 진심을 담아
하나씩 이루어가면
술술 잘 풀려나가는 거야

서로 물어뜯고 싸워보아도
결국에는 무지몽매한 삶인데
때가 오면 사정없이 찾아오는

죽음의 그림자를 무엇으로 막을까

무슨 죄인지 허덕허덕 살아보아도
언제나 남는 것은 빈손일 뿐인데
웬 호들갑을 떨며 사는 것일까

세상 골목을 돌아다니며
이리 기웃 저리 기웃 해보아도
결국에는 끝나고 마는 길인데
단 한 번만이라도
사람 구실 하고는 살아야지

정겨운 마음을 갖고
정다운 모습으로 사는 거야
빈손으로 떠나가야 하는
허무한 삶 속에서도
사람 구실 하고 살아왔다면
그 사람은 가치 있게 산 거야

봄이 오는 길목에 서면

봄이 오는 길목에 서면
겨우내 언 땅 깊숙이 얼굴을 묻어두었던
새싹들이 고개를 쏙 내민다

봄기운이 돌기 시작하면
닫혔던 문들이 하나씩 열린다

봄 햇살이 쏟아져 내리면
가슴이 활짝 펴지고
온 땅이 초록의 생명으로 다스려진다

봄꽃이 피어나자 피는 맑아지고
이곳저곳에서 봄꽃 노래가 가득해지면
온 세상이 환해지고
봄꽃 향기가 그윽하게 풍겨온다

봄이 오면
가난한 골목에서 희망이 가득해지고

사람들의 얼굴이 밝아지고
가슴이 포근해지고
온 세상이 낯익은 거리가 된다

봄 햇살을 만지면 만질수록
따뜻해져 진달래꽃은 피어난다
봄 햇살을 두 손 가득히 받으면
손가락 사이로 흘러내린
햇살이 생명을 돋아나게 한다

진달래꽃 피어나는
봄 햇살 가득한 날에
내 꿈 한 자락 넓게 걸어두고 싶다

가난 1

질기기도 질긴 가난을
끊어버리고 한바탕
세상이 떠나갈 듯 웃고 싶었다

모든 것이 빛을 잃고
싸늘하고 축축해 지긋지긋한
지워버리고 싶은 가난은
차라리 형벌이라고 말하고 싶었다

고달프고 피곤해
힘들고 벅찬 삶이라 해도
확 벗어버리고 떠나기 너무나 힘들다

가난하기에 늘 배고파
허기가 져서 늘 한숨만 나와
가난이 모질게 할퀸 자국이 아팠다

힘겨움만 남아 꼬불꼬불한

가슴을 확 열어 활짝 펴고
사람답게 대우받으며 한번 살고 싶었다

두 손 꽉 쥐고 버둥거리며 살아도
아무 소용이 없었다
못다 푼 잔정이 많아
늘 눈물만 흘렸다

가난 2

늘 쪼개고 쪼개 살아보아도
사지가 저려와 낱낱이 저미고
빈곤의 부실이 갖가지
절박한 슬픔을 만들어놓는다

눈물뿐인 가난이 만들어놓은
사슬이 너무 큰데
마음조차 좁은 골목으로 만든다

가난은 산뜻하지 않고
끈적거려 고달프게 만들고
늘 허겁지겁 살아
꿈의 창문마저 닫혀버려
반감이 구름처럼 흘러간다

굼뜨게 사는데 늘 숨 가쁘게 만들고
빈창자를 누르는 고통에 허기가 져서
굶주린 어둠이 가득하다

가난한 사람들은 무거운 찌푸림으로
두 눈이 피로로 긴장되고 충혈되고
손등이 괜히 잘 터지고
발이 늘 시려 분통이 잘 터졌다

목구멍에 슬픔이 솟구쳐서
가슴이 새까맣게 타들어가
희망마저 잿빛으로 변하고 마는
가난은 참 고달프다

4부

바람도 빈 가지에
머물지 못하고

나이가 들어가면

나이가 들어가면
살아온 세월도 너무 많이 흘러가버려
쓸쓸해지고 외로울 때가 있다

흘러가는 세월에 몸을 담고
아무런 감동 없이
아무런 흥미도 없이
쓸데없는 공상으로 머리가 크게
부풀어 올라 고민할 때가 있다

유쾌한 마음이 번져나가
좋아하고 싫어하는 것도 없이
무덤덤하게 살아갈 때가 있다

생각하면 어둑한 그늘에서
스쳐 지나온 세월 속에 몸살 날
눈물이 있고 기뻐할 수 있는 웃음도 있다

나이가 들어가면서 텅 빈 것 같은
허무감에 가슴 시리게 외로워
훌훌 털어버리고 정리하고 싶다

떠나가야 하는 삶
이마에 굵은 주름이 여러 개 잡혀가고
참 서럽고 눈물겹지만
지나온 삶의 추억은 늘 아름답다

허망한 생각으로 살기보다는
때로는 무심하게 사는 것도
묘미가 될 수 있지만
어두워지면 피곤이 몰려와
잠들어야 한다

나무

우리는 나무에게
태양 아래서 마음껏 숨 쉬며
잘 자라는 법을 배워야 한다

나무는 얼마나 많은 희망과
용기를 선물해 주는가

초록이 돋는 잎을 보여주며
내일을 노래하고
푸르른 잎들을 보여주며
무성히 자라
마음껏 가슴이 부풀어 오른다

청춘이 얼마나 아름다운가를 알려주고
단풍이 들어가며
황혼을 물들이는 법을 가르쳐주고
한겨울 나목이 되어
순리의 겸손을 깨우쳐준다

바람이 쓰러뜨리려고 하지만
홀로 있는 법을 잘 알고
같이 어울리는 법도 잘 아는 나무다

우리는 나무에게
한 알의 씨앗이 거목이
되어가는 법을 배워야 한다

비바람을 잘 견디고
눈보라 속에서도 용감하게
머리를 치켜들고 꿋꿋할 수 있는
강하고 담대한 삶의 비결을 알아야 한다

인생

한 줌의 재로 사라질
삶을 살아가면서
더는 바랄 것 없이 초라해도
짭조름한 눈물도 흘릴 줄 알아야
인생을 사는 거야

바람도 빈 가지에 머물지 못하고
떠나가듯이 삶도 떠나가는 거야

약삭빠르고 의심 많은 사람들 속에서
고통을 목구멍으로 넘기며
슬픔에 젖은 눈물은 꾹 참는 거야

아무런 고통 없이
안락만 누리며 희희낙락
마냥 넋 잃고 사는 것이
인생의 맛은 아니야

때로는 쓸쓸함이 휘몰아치는
시련 속에서
고통 속에서
절망 속에서 서로 보듬어주며
어설픈 넋두리 속에서도
웃을 수 있는 것이
진정 인생의 맛이야

눈물

눈물만큼 수많은 감정을
표현할 수 있는
물방울이 있을까

눈물방울마다 모든
사연이 녹아져 있다

영혼의 갈피에서
마음의 혈관에서 수많은 말들을
눈물을 통하여 쏟아낸다

뜨거운 눈물을 흘릴 줄 알고
차가운 눈물도 흘릴 줄 아는
사람이 진정 인간다운 사람이다

가장 외로울 때
감정의 단단한 껍질을 깨고
가슴이 뭉클하도록

흘러내리는 눈물은
마음을 다스려주는
가장 신비한 물방울이다

인간의 한계점에서
말없이 흘러내리는 눈물은
최고의 가치가 있는
보석 중의 보석이다

"아차!" 하는 순간에

모든 불행은
"아차!" 하는 순간에 일어납니다

설마 하는 순간에
방심하는 순간에
괜찮겠지 하는 순간에
"이번 한 번쯤이야!" 하는
짧은 찰나의 순간에
와르르 무너져 내립니다

모든 불상사가 일어나는 것도
사고가 일어나는 것도
모든 재난도
"아차!" 하는 순간에 시작합니다

모든 절망은
"아차!" 하는 아주 짧은
순간에 일어납니다

내 마음에는

내 마음에는
그대와 살고 싶은
꿈같은 마을이 있습니다

양 떼들이 푸르른 하늘 아래
한가롭게 풀을 뜯고
구름도 머물다 떠나는
평온한 곳입니다

방들마다
꿈과 사랑이 가득하고
그대와 함께 살 수 있는
모든 것들이 준비되어 있습니다

내 마음에 그대를
초대하고 싶습니다
찾아오지 않으시겠습니까

내가 너를 위해 살아가는 것은

내가 너를 위해 살아가는 것은
심장이 살아서 뛰는 일이다
나를 버리고 너에게로 가는 것이다

너와 내가 사랑으로
하나 되어 동행하는
삶을 산다는 것이다

온 우주에서 두 사람이
가장 가까운 사이가 된 것이다

내가 너를 위해 살아간다는 것은
두 사람이 하나 되어
사랑한다는 것이다

나의 모든 것보다
너를 위하여
살아갈 수 있는 희망을 갖는 것이다

이 세상이 아름답게 보이는 것은

사랑하며 살고 있기 때문이다

누군가를 그리워하며 사는 것도

늘 잊혀지지 않아
누군가를 그리워하며 사는 것도
참으로 행복한 일이다

누군가를 가슴속에서
꺼내보며 좋아하고
사랑한다는 것은
속마음을 떨리게 하는 일이다

그리움은 홀로 피울 때
외로움에 더욱
아름답게 피어난다

기다릴수록 더 그리워지고
기다릴수록 몸은 달아올라
그리움의 날개를 펄럭인다

이 하늘 아래서

누군가를 사랑하는 일은
축복받은 일이다

나는 처음 본 당신이
티 하나 없이 고와서
해맑게 웃는 모습이
너무 좋아서 사랑을 시작하였다

소주 한 병 1

비마저 쓸쓸하게 내려
마음마저 시리고 외로워
고달픈 날 깡소주를
한 잔 마시는 것도 인생의 맛이다

돈조차 없어 안줏거리도 없이
소주 한 병을 시켜놓고
김치 쪼가리에 신세타령하며
잔에 따라 한 잔 한 잔 마시면
쪼르륵 목줄기 타고 넘어갈 때
독한 소주의 싸한 맛에 살맛을 느낀다

세상살이 서글픔이 가슴팍에 꽂히는 날
소주 한 병 마시고 취기가 돌면
섭섭하고 쓸쓸하던 마음도 사라지고
한결 기분도 좋아져
인생 다 그렇게 사는 거야
소리치며 마음을 다독거린다

힘들고 고독한 날이면

목쉰 울음을 삼키려고

목에 쏟아붓는 쓰디쓰고 독한 소주의 맛

고달픈 사람들의 가장 친한 친구다

소주 한 병 2

어기적거리며 사는 세상살이
늘 허기지고 아쉬움이 남아
한밤에 가로등 불빛을 바라보며
몰려오는 외로움에 소주를 마신다

세상의 모든 근심 다 모아놓고
서럽게 울 수 없고
고함을 지르고 싶어도
들어줄 사람이 없을 때
갈증에 목말라 소주 한 잔에 목을 축인다

울먹이도록 슬픈 일도 잊어버리고
주먹 부르르 떨게 하는 한 맺힌 마음도
한 움큼 헐어버리고 싶을 때
소주가 쏘주가 되고 말이 헛갈려
쐬주가 되도록 퍼 마시고 싶을 때가 있다

육신의 구석진 데 고독이 숨어들어

빈 가지 바람에 흔들리듯
술에 취해 다리가 흔들릴 때
왈칵 치솟는 설움을 잊고자
독한 소주에 몸을 담근다

힘들고 외로울 때 서글픈 사람들끼리
만나 신세타령하며 얼굴 찡그리며 마시는
캬 소리를 내며 마시는 소주 한 잔을 하며
허탈한 웃음 웃어보는 것도
삶의 재미가 될 때가 있다

밤 열차를 타고 싶은 날

추억을 안고 살다 보면
갑자기 밤 열차를 타고
정처 없이 기약도 없이 떠나고 싶다

문득 피곤해 절망이 밀려오고
문득 홀로 외로움이 밀려와
삶이 토막토막 끊어져 내릴 때면
무심히 훌쩍 떠나고 싶다

산다는 것이 왜 이럴까
정말 이렇게 살아야 하나
힘들고 한탄스러울 때
모든 걸 두고 미련 없이 떠나고 싶다

욕망의 갈피에서 마음이 흔들릴 때
밤 열차의 차창에 기대어
가슴에 상처가 된 아픈 말들을
떠나보내며 말없이 울고 싶다

어둠 속에 꼭꼭 숨어 있는
근심의 가장자리부터
마음의 상처를 닦아내고 싶다

동트는 새벽이 오면
절망을 벗어던져 버릴
새 아침의 초록 향기를 느끼며
싱싱한 햇살로 동트는 멋진
새벽의 푸른 바다가 보고 싶다

내 마음에 숨겨놓은 사람

내 마음에 꼭꼭 숨겨놓고
외로울 때
가끔씩 꺼내 보고 싶은 사람이 있다

세월은 잘도 흘러가지만
지난 그리움이 툭 터져 나오면
아름다웠던 시절로 돌아가고 싶어
사무치게 그리워진다

비 내리고 바람마저 불어와
홀로 쓸쓸해지면 마음은 벌써 달려가
그 사람을 만나고 있다

어느 날은
홀로 있는 방에 세월을 뛰어넘어
나도 모르는 사이에 내 곁에 찾아와 있다

산다는 것이 운명처럼 아픔이 되고

슬픈 눈물이 될 때
서로의 간격을 뛰어넘어
가까이 다가가고 싶다

나를 늘 위로해 주는
나를 부르는 사람이 있고
추억 속에서도
그리운 사람이 있는 것은
참 행복한 일이다

꼭 한 번 만나고 싶은 사람

문득 안타까운 기억이
되살아날 때면
꼭 한 번 만나고 싶은 사람이 있다

생각하면 미안함에 눈물이 나지만
다시 만나면 부푼 가슴에
폴짝 뛰도록 좋아할 것이다

어디서 살고 있을까
어떻게 살고 있을까
모습은 많이 변했을까

한순간 아무도 이유도 말도 없이
떠나고 헤어졌는데
발길이 닿는 곳에 살고 있다면
아주 우연이라도
꼭 한 번 만나고 싶다

선물 하나 제대로 사주지 못했는데
밥 한번 제대로 못 사주었는데
따뜻한 말 한 마디 못해 주었는데
못내 미안하기만 하다

세월이 지나고 보니
참 편하고 좋은 사람인데
왜 그렇게 못되게 굴었을까

가끔씩 살다가 가슴이 쿡쿡 저밀 때면
그때 내가 왜 그랬을까
이게 아닌데 후회가 들어
꼭 한 번 만나고 싶은 사람이 있다

서울역 지하철 통로에
누워 있는 홈리스

소주병 몇 개 흐트러지고
쓰러져 누워 있는 노년의 사내는
깡마른 얼굴에 넘어지고
일어선 수많은 상처가 있다

창백해 보이는 얼굴이
지치고 힘들어
말도 하기 싫은 듯 무표정하다

낙심한 상태로 살며
냉소와 우울함에 시달린
몸뚱아리에 잠이 쏟아져 쓰러져 잔다

불안한 듯 보따리 하나
머리에 꼭 베고 누웠는데
머리카락이 어지럽게 헝클어져
늙은 사내가 힘겹게
살아온 삶을 짐작케 한다

차갑고 냉랭한 세상 떠돌다
마지막 종착이 홈리스였나 보다
가고 오는 사람들의
싸늘한 시선이 꽂혀도
세상모르고 잠을 잔다

온갖 시련과 고통에 찌들려
우울과 고립감 속에
비참함이 함께 찾아오는데
가족과 행복을 잃은 늙은 사내는
갈 곳도 잠들 곳도 점점 힘들다

방황

어디로 갈까
어디로 가야 할까

이리저리 아무리
둘러보아도
이리저리
아무리 살펴보아도

갈 곳이 없다